AF339532

VARIÉTÉS.

~~~~~~~~~~

PRIX, 30 CENTIMES.

PARIS,

Chez CORRÉARD, libraire, Palais-Royal, galerie de bois.

18 mai 1820.
~~~~~~~~~~

VARIÉTÉS.

Depuis le retour du système représentatif en France, depuis que les villes, comme les particuliers, menacent de recouvrer leur individualité, et que les unes semblent prêtes à redevenir des *cités*, comme les autres des *citoyens*, la ville de Lyon, par son industrie et son immense population, méritait de fixer les regards du gouvernement, ainsi que des partis. Elle est, depuis 1814, le point de mire de toutes les polices, qui la considèrent comme le foyer d'une opinion puissante, et le quartier-général des ambitions.

Il n'est donc pas étonnant que la Renommée, qui nous entretient si souvent de cette belle cité, amplifie quelquefois les rapports qui nous parviennent. Par exemple, personne n'ignore aujourd'hui qu'une simple rixe entre des ouvriers s'est métamorphosée, dans des récits merveilleux, en une sanglante bataille, dont tout un régiment suisse aurait été victime. Des lettres et des rapports de témoins oculaires, ne laissent plus aucun doute sur la réalité des faits. Admirez maintenant l'institution de la censure, qui a si long-temps accrédité des nouvelles qu'une discussion libre aurait démenties dans l'espace de vingt-quatre heures !

Que MM. les hommes monarchiques se rassurent donc ; les Suisses de Lyon sont en parfaite santé, mangeant bien, buvant encore mieux leur haute-paie à la santé de nos officiers à demi-solde, qui meurent de faim.

L'arrivée de S. A. R. monseigneur le duc d'Augoulême a mis toute la ville en mouvement, malgré la défense qui avait été faite par l'autorité, d'accueillir avec trop de pompe, et des réjouissances trop marquées, l'auguste voyageur, dans les circonstances douloureuses où il se trouve. Cette défense, dictée, sans doute, par le sentiment des convenances, a donné matière à plusieurs interprétations ridicules. Quelques personnes sont allées jusqu'à soupçonner, par exemple, que l'autorité, en arrêtant l'élan des cœurs, a voulu dissimuler la froideur qu'elle tremblait de rencontrer chez les habitans de Lyon, et qu'elle leur a défendu de se réjouir dans la crainte qu'ils ne se réjouissent pas assez. Ces bruits sont dénués de tout fondement, et il suffit sans doute de les signaler pour les détruire.

Comme la douleur, qui sans doute se trouvait au fond des cœurs, était cependant une douleur officielle, une douleur en quelque sorte d'étiquette, les journaux du pays étaient devenus vraiment larmoyans, et la *Gazette universelle de Lyon* s'est distinguée en cette circonstance.

Le retour du prince, qui a été accueilli à Grenoble aux cris de *vive la Charte !* a changé un peu l'état des choses. Ce cri constitutionnel produit, comme on sait, sur les hommes monarchiques, l'effet de l'eau sur les hydrophobes. Irrités de l'insolence des *factieux* de Grenoble, et de la faiblesse du prince qui avait pu les encourager, en faisant comme eux , à Grenoble , et précédemment à Lyon , l'éloge de la Charte et des institutions qui en découlent, ils ont prétendu donner à la fois une leçon de politique à S. A. R. , et un avertissement charitable aux défenseurs des libertés publiques. En conséquence , ces honnêtes gens ont , dit-on ; lâché, pendant la nuit, dans les rues de Lyon, des gens à eux , et des femmes suspectes , qui criaient : Vive le roi ! *A bas la Charte ! A bas le côté gauche ! A bas les* 115 ! *A bas B... C...! A bas les fédérés* !

Si ces exclamations atroces ont été réellement proférées , il faut espérer que M. le procureur du roi en prendra connaissance , et informera contre leurs auteurs.

En attendant, on n'informe que contre les prévenus impliquées dans l'affaire de la *souscription nationale*. Il est vrai que , le 8 de ce mois , la chambre d'accusation de la cour royale a décidé qu'il n'y avait lieu à suivre , mais M. le premier avocat-général s'est hâté d'en appeler à la cour de cassation. Le zèle de ce magistrat est assurément fort louable , et il rappelle , dit-on , celui que son père a déployé dans d'autres temps , sous d'autres bannières , et contre des hommes qui , aujourd'hui , ne seraient pas comptés parmi les mauvais citoyens.

Au surplus, quelques personnes attribuent la sévérité du ministère public, à la fermeté que les citoyens de Lyon ont déployée dans cette circonstance. Aussitôt qu'ils ont eu connaissance de l'établissement de la *souscription nationale* en faveur des Français atteints par les lois de confiance, ils se sont empressés d'en ouvrir une semblable , et de publier à cet effet un prospectus où se trouvaient les phrases suivantes :

« Des infortunés, nos concitoyens, nos amis, nos parens ,

nous-mêmes peut-être , pouvons être jetés dans les fers ; des innocens , oubliés dans les cachots , peuvent périr de douleur , de chagrin , de misère, et leurs familles seraient livrées aux horreurs du désespoir. Qu'importe leur opinion, leur doctrine , leur croyance ? Toute intolérance est impie , et la religion comme la philosophie la réprouvent également. Ne les disons pas nécessairement innocens , parce qu'on leur refuse des juges ; le contraire est dans l'ordre possible : mais qu'on ne les suppose pas criminels par cela qu'ils sont arrêtés. Et quelles que soient d'ailleurs la nature , la vérité ou la fausseté des faits qu'on leur impute , ne nous attachons qu'à cette idée : ils sont hommes et malheureux , ils doivent intéresser la pitié publique. Faisons envers eux , envers les leurs des actes d'humanité , sans critiquer , sans vouloir apprécier les rigueurs qui les frappent. La bienfaisance ne peut être défendue ; les prévenus , les accusés , les condamnés même , tous y ont droit , tous y ont part : elle ne peut être interdite pour les suspects seuls ; le prétendre paraîtrait un blasphême ».

Cet appel à la bienfaisance n'est pas resté sans réponse, et aujourd'hui le registre de souscription est couvert de plus de dix mille signatures.

On assure même qu'au moment où l'autorité a commencé ses poursuites contre les auteurs imprimeurs et distributeurs du prospectus, tous les souscripteurs alors inscrits ont voulu partager le sort des prévenus , et ont demandé à M. le procureur du roi d'être mis en cause. Voici , entre autres , la lettre de l'un de ces généreux citoyens.

Lyon , 26 avril 1820.

Lettre de M. Gros , avocat , à M. le procureur du roi au-

près du tribunal civil de Lyon, sur la souscription en faveur des détenus d'après la loi sur les suspects.

« J'ai appris que des poursuites étaient dirigées contre les auteurs, souscripteurs et signataires d'un écrit intitulé : *Souscription en faveur des détenus en vertu de la loi du 26 mars 1820.*

« Convaincu, comme je le serai toujours, que la bienfaisance n'est point une rébellion, je n'ai pas été étranger à cet acte de philantropie, et je viens vous déclarer, M. le procureur du roi, la part que j'y ai prise comme auteur, distributeur et signataire. *Auteur* : M. Meneu, mon collègue et mon ami, m'ayant fait l'honneur de me consulter sur la rédaction du préambule-de souscription, je lui ai communiqué mes idées à ce sujet. *Distributeur* : je me suis adressé à ceux de mes amis auxquels les traits de générosité et de bienfaisance sont familiers, pour leur fournir une nouvelle occasion de faire une bonne œuvre. *Signataire* : j'ai pensé qu'en prêchant d'exemple quand il s'agit de sacrifices pécuniaires, c'était le moyen le plus sûr de trouver des imitateurs.

« La justice et l'impartialité qui vous caractérisent, M. le procureur du roi, me sont de sûrs garans que ma démarche ne recevra point une interprétation dont elle n'est pas susceptible. On poursuit les auteurs d'un prétendu délit ; les soupçons peuvent planer sur des *innocens* ; je me dénonce, et voilà tout.

« Si les prévenus sont coupables, je le suis autant qu'eux, et je tiendrai à honneur de partager leur sort, quel qu'il soit. Je vous en exprime le vœu formel : dans le cas où il ne serait pas accueilli, j'y suppléerai autant qu'il sera en moi en rendant la présente lettre publique par la voie de l'impression.

« Je vous prie , M. le procureur du roi , de considérer cet écrit comme pièce du procès.

« Agréez, M. le procureur du roi , l'assurance de mon profond respect.

« GROS, avocat. »

On ne saurait trop louer la fermeté vraiment civique des habitans de Lyon , et il faut espérer que le ministère rougira enfin de l'acharnement qu'il a montré jusqu'ici contre les citoyens enveloppés dans l'affaire de la *souscription nationale* : et poursuivis sur toute la surface du royaume.

~~~~~~~~

Que quelques gens fassent l'apologie de la censure, cela n'a rien d'étonnant ; c'est une conséquence de leurs principes : témoin les ultrà, ou pour parler plus convenablement, les aristocrates et leurs valets. Qu'un ministre à l'apologie de la censure ajoute celle des censeurs, c'est une chose encore toute naturelle , qui n'a pas besoin d'explication, et je croirais même sincèrement faire une injure à mes lecteurs, en essayant de la leur donner ;

Mais qu'un ministre, qu'un homme par conséquent qui doit posséder au plus haut degré l'art de ne rien dire tout en disant beaucoup , vienne à la tribune se répandre en éloges sur des censeurs, en termes clairs et précis ; qu'il vienne dire , par exemple , en parlant d'eux et de leur
~~~~~~~~

tâche, *que des fonctions plus importantes ne pouvaient être confiées à des hommes plus honorables ;* voilà ce qui doit surprendre. Comment un ministre, qui a su se posséder assez pour se taire ou pour ne parler que d'une manière ambiguë, dans des occasions qui semblaient lui imposer la loi de se prononcer franchement, s'est-il cru obligé de parler, et de parler si clairement, sur un sujet si mince et si délicat ? Que si M. Siméon croyait nécessaire de dire quelque chose des censeurs en réponse à l'attaque de M. Benjamin Constant, que ne se défiait-il de l'entraînement du sentiment, et que ne remettait-il cette tâche à son collègue M. Pasquier ? Ce n'est pas que je veuille dire, et Dieu m'en garde, que M. Pasquier n'ait pour MM. les censeurs une affection égale à celle de M. Siméon, de pareils sentimens sont innés chez lui ; mais M. Pasquier sait mieux rester le maître de ses épanchemens ; et, par exemple, je crois que dans cette circonstance il se serait contenté de dire, en parlant de la censure et des censeurs, que jamais hommes et fonctions n'avient été mieux assortis : de cette manière, je crois, il serait entré dans la pensée de tout le monde.

Plusieurs orateurs ont été déjà entendus pour et contre le nouveau système d'élection. Il appartient à l'honorable général Foy de commencer l'attaque dans les mémorables débats de cette session. Son discours, frappé au coin d'une éloquence noble et énergique, ajoute un nouvel éclat à la brillante réputation qu'il vient d'acquérir à la tribune. Je ne reproduirai point ici les argumens victorieux dont il

s'est servi pour assurer le triomphe de sa cause ; son discours est rapporté tout entier dans les journaux quotidiens.
Après lui , un autre orateur du côté gauche , M. Français
de Nantes , a justifié et surpassé même l'idée flatteuse
qu'on avait de ses talens. Jamais orateur n'a su mieux
parer la raison d'ornemens riches et toujours convenables.
Il a tour à tour déployé une logique serrée , une éloquence
entraînante et passionnée et une ironie fine et ingénieuse.

Parmi les orateurs du côté droit de la chambre , on a dû
remarquer les discours de MM. de la Bourdonnaye et de
Bonald. Le premier, qui toujours s'adresse aux passions ,
loin de s'amuser à examiner si la loi actuelle est vicieuse ,
et si celle qu'on veut lui substituer est meilleure , ne l'a
considérée que dans ses effets et dans ses résultats , et il a
décidé que la loi du 5 février devait être changée. Ce n'est
pas à la loi elle-même , c'est aux députés élus en vertu de
cette loi qu'il déclare la guerre. Il faut la changer puisqu'elle
a amené un *régicide* jusqu'aux portes du palais du corps
législatif. Ce mouvement oratoire est dirigé contre M. Grégoire , et non content de l'avoir fait exclure *indigne-
ment* de la représentation nationale à laquelle il etait lé-
galement appelé , MM. du côté droit ne laissent pas
échapper une occasion pour se répandre en injures et en
diffamations contre ce vertueux citoyen.

L'élection de M. Grégoire est leur grand cheval de bataille , et je parie d'avance qu'aucun des orateurs inscrits
pour le projet, ne descendra de la tribune sans avoir parlé
de l'élection du *régicide*. Que faut-il en inférer ? c'est que
les ultrà n'ayant pas de bonnes raisons pour attaquer le
système électoral qui les a décimés, cherchent à effrayer les
gens timides, en leur montrant la chambre des communes

envahie par les jacobins et les révolutionnaires. On peut réduire tous leurs raisonnemens à ce peu de mots : Depuis que la loi actuelle est en vigueur, le côté droit diminue tous les ans, tandis que le côté gauche s'accroît de plus en plus ; donc la loi est mauvaise, détestable ; donc il faut la changer.

M. de la Bourdonnaye ne se contente point d'accuser la loi d'avoir enfanté le député *indigne* de l'Isère ; elle l'accuse aussi d'avoir introduit dans la chambre un député qui a osé faire un crime au roi de n'avoir pas adopté les couleurs et les emblêmes de la révolution. Il y a ici beaucoup d'exagération ; les paroles de M. Manuel, relatives aux couleurs nationales, étaient fort innocentes : l'honorable député n'aura pas beaucoup de peine à se justifier de cette vaine accusation. De là , M. de la Bourdonnaye se livre à une sorte de délire prophétique , et dans son imagination échauffée, il voit flotter le drapeau tricolore, il voit le fauteuil d'un nouveau Wasingthon à la place du trône de nos rois, si l'on ne chasse la révolution du dernier poste qu'elle occupe (la loi d'élection) et où elle est résolue de vaincre ou de mourir.

M. de Bonald , dans cette discussion , n'a pas été aussi ténébreux que de coutume , et peut-être au contraire a-t-il parlé un peu trop clairement dans ses plaisanteries sur les ministres et sur les membres du centre. Il a excité , à plusieurs reprises , l'hilarité de la chambre ; quand je dis de la chambre, je me trompe : le centre n'a pas ri du tout du pronostic que le député de l'Aveiron a fait sur son compte. Pauvre centre ! déjà on commence à se moquer de lui. Que sera-ce quand on n'en aura plus besoin ? Il faut rendre justice à la franchise de M. de Bonald ; plus sincère que ses confrères, aucuns diront peut-être plus naïf, il ne mâche point ce qu'il a sur le cœur... Avis aux ministériels.

Je ne relèverai point tous les passages où M. de Bonald à provoqué le rire de l'assemblée. Celui-ci entre autres m'a paru fort singulier : l'honorable député affirme que pour peu que le système actuel se prolonge encore pendant une dixaine d'années, on ne trouvera pas un domestique pour se faire servir. Cet homme-là a toujours des pensées extraordinaires, des pensées qui n'appartiennent qu'à lui. Il voit des rapports inconnus que personne autre que lui n'aperçoit, et voilà le cachet du génie. Dans dix ans, grâce à l'enseignement mutuel et aux idées libérales, il n'y aura plus de fainéans, d'indigens pour qui la domesticité est un besoin. On ne trouvera pas une fille qui veuille entrer en condition. Paris va offrir le lugubre aspect de la triste Lacédémone ! Que les riches et les puissans de la terre se rassurent. M. de Bonald n'a pas voulu parler sérieusement. Tant que les hommes conserveront leur nature primitive, l'inégalité régnera sur notre planète, les rois, les ducs, les comtes, les marquis auront des laquais à grande et petite livrée, et les gouvernemens des panégyristes et des louangeurs.

M. de Bonald avait commencé par nous annoncer dans un exorde, par insinuation, qu'il éviterait l'exemple de ses collègues qui s'étaient livrés à des déclamations étrangères au lieu de parler sur le fond de la question, et M. de Bonald dit, dans sa péroraison, que si deux cinquièmes de la chambre étaient encore élus en vertu de la loi existante, cette chambre ainsi composée s'érigerait en Convention. Est-ce là le sang froid et la modération que M. de Bonald nous promettait dans son exorde ?

— Une brochure a publié hier des détails sur ce qui s'est passé à Grenoble à l'arrivée et pendant le séjour dans cette ville de S. A. royale le duc d'Angoulême. Une lettre que j'ai reçue confirme la vérité de ces détails.

Messieurs les ultrà, furieux qu'on osât faire suivre le cri de vive le roi ! du cri de vive la Charte ! n'ont pas craint de traiter de brigands et de séditieux ceux qui se les permettaient, et de crier eux-mêmes : vive le roi ! *rien que le roi* ! à bas les libéraux ! Il est très-vrai qu'un homme de hideuse mémoire poussa l'impudence jusqu'à crier : mer.. pour la Charte et pour tous ceux qui la soutiennent ; et qu'étonné de sa propre hardiesse et redoutant les suites fâcheuses pour ses épaules, qu'une aussi indécente exclamation devait naturellement provoquer, se jeta tout tremblant dans la boutique d'un cordonnier, place St-André, devant laquelle se trouvait le groupe qu'il venait d'insulter si grossièrement et qui ne tira d'autre vengeance de l'insolent vociférateur qu'en continuant de répéter les cris de vive le roi ! vive la Charte !

Ce fut alors que le sieur D...., le même qui, dernièrement, a intenté un procès en calomnie à MM. Renaud et Genève, rédacteurs de l'*Echo des Alpes*, pour avoir imprimé qu'il était chef de la police bourgeoise ; ce fut alors, dis-je, que le sieur D.... se précipita à sa fenêtre et cria d'une voix d'énergumène : *Dispersez cette canaille, arrêtez cette canaille.* Il en aurait dit davantage si M. B*** en l'arrachant de sa croisée ne l'eût forcé de mettre fin à ses invectives. Quant aux personnes témoins et objets de cette scène, qui se trouvaient dans la rue, elles se contentèrent d'en rire, et de huer ce misérable, malgré l'infamie de ses propos. Le sieur D***, à qui, sans doute, le cri de sa conscience indiquait le traitement que sa conduite aurait dû lui mériter, courut sur-le-champ à la mairie pour demander une garde à sa porte; attendu qu'il n'était pas en sûreté disait-il. Mais le fait qui venait de se passer et surtout l'homme, étaient trop connus pour que l'autorité hésitât un moment sur ce qu'elle avait à faire : la demande du sieur D*** ne fut pas écoutée

Le même soir, trois jeunes gens furent arrêtés pour avoir crié : *vive la charte !* Il est très-vrai que le lendemain mardi, à la revue, les mêmes cris ayant recommencé, des patrouilles de cavalerie reçurent ordre de parcourir les allées où se promenaient des personnes des deux sexes, et d'arrêter celles qui crieraient : *vive la charte !* et qu'un jeune homme, *coupable* d'avoir proféré ce cri, fut arrêté à côté de M. P... médecin, qui lui dit : « Ne craignez rien ; je vais vous accompagner, et nous sommes tous prêts à témoigner de votre innocence ». Le général Bordesoult s'étant avancé sur les entrefaites, et M. P... lui ayant demandé en quoi le cri qui rappelle un pacte vénéré de tous les Français pouvait être criminel, on assure que le général répondit : Nous savons ce que sont les cris de vive la charte ! ce sont des *cris séditieux*.

Le fils de M. Ducray, arrêté un instant après, fut conduit devant le préfet, et voici, dit-on, le dialogue qui s'établit entre eux : Vous êtes, dit sévèrement le magistrat au jeune Ducray, vous êtes un séditieux qui vous permettez de crier *vive la Charte.* — Je crois pouvoir le faire, répond le jeune homme, quand M. le maire lui même se permet ce vœu dans sa proclamation. (*N. B.* Le maire a été semoncé à raison de ce.) — Eh bien, reprend le préfet,

vous irez apprendre à crier en prison. Là dessus, M. Rau-
court, commissaire de police, se serait avancé pour ré-
pondre du jeune Ducray : — Vous son répondant, a dû
s'écrier le préfet en colère, répondez d'abord de votre
conduite : pourquoi n'avez-vous pas arrêté tous ceux qui
ont crié, *vive la Charte ?* Monsieur, a répondu M. Rau-
court ; je ne considérais pas ce cri, comme un cri séditieux. — Alors, M. le préfet, furieux, lui aurait arraché
son écharpe, en ajoutant : Vous êtes indigne d'être commissaire de police ; je vous destitue ! . . .

Quelques instans après, le prince fit appeler le maire,
et dut lui dire, d'un air assez mécontent: Je suis étonné de
tout ce que je vois et de tout ce que j'entends. Que signifie
tout ce bruit ? Que veulent dire ces cris? — On assure que
le maire répondit : Ces cris n'ont rien d'alarmant pour
votre altesse ; *ici l'on ne sépare jamais le roi de la Charte ;*
et que le prince le quitta en paraissant satisfait de l'explication.

Il est vrai que le soir, un groupe réuni devant le *café
des Aveugles* (café ultrà), ayant crié vive le roi au moment
où le prince sortait de souper de chez le général, un jeune
homme eut l'audace d'ajouter vive la Charte! et qu'aussitôt ving-cinq ou trente ultrà, dont ce groupe était com-
posé, tombèrent dessus à coups de poings, et l'eussent as-
sommé, si un officier d'artillerie n'eût protégé sa retraite
en portant la main sur la garde de son épée : ce simple
geste suffit pour tenir en respect tous les preux du *café
des Aveugles.*

Vous jugez, ajoute la lettre, comme tout cela est propre
à rassurer et à calmer les esprits ; aussi vous admireriez
l'effet qui en est résulté, etc., etc.

IMPRIMERIE DE MADAME JEUNEHOMME-CRÉMIÈRE,
RUE DU VERTEUILLE, n° 20.

9 782014 045581